SAUVONS COURBET!

e

15294

SAUVONS
COURBET!

PAR

ÉMILE BERGERAT

FAC ET SPERA

PARIS

ALPHONSE LEMERRE, ÉDITEUR

47, PASSAGE CHOISEUL, 47

1871

SAUVONS COURBET!

Français, nous n'avons plus d'esprit : nous sommes bêtes !
Mais oui, bêtes ! — à faire envie à nos vainqueurs !
C'est la fin ! Ramenons nos manteaux sur nos têtes,
Et mourons ! L'avenir est aux Peuples moqueurs !

Lorsque l'esprit est creux, le cœur a sa lacune.
Nous succombons au mal de Romantisme aigu !
Le drame de Sedan commence à l'Ambigu
Et l'Œil-Crevé déjà prépare la Commune.

*

J'ai vu ce Vésinier dans quelque Biche-au-bois!
J'ai lu Tridon, au temps où je lisais Meurice,
Et si les deux Goncourt ont produit Pipe-en-Bois,
L'absurde Femme à barbe est au moins sa nourrice!

Le chef-d'œuvre d'Hugo, c'est Pyat! — O Pyat,
Vous aviez donc appris la gaîté dans Gwinplaine?
Le lugubre idiot! Dors-tu bien, Giliat?
La voilà ta Pieuvre, et je crois qu'elle est pleine!

Delescluze n'est rien qu'un Pyat fécondé!
Bergeret réalise un rêve de Millière!
Et ce Corneille abject inspire ce Condé
Au nez de Rochefort « plus drôle que Molière! »

Swift! terrible penseur, sont-ce là tes yahous?
Est-ce donc un pareil fléau que l'ignorance?
— Poëtes chevelus, qu'avez-vous fait de nous
Et dans quel calembour étouffez-vous la France?

— Non, je n'excuse point ces brutes! et je dis
Que je trouve impudents les faiseurs de sentences
Qui veulent contester cet honneur aux bandits
De servir d'éternel argument aux potences!

Qu'on les supprime, soit! la honte en est pour eux!
J'ai la peine de mort en estime parfaite.
En livrant le combat, j'accepte la défaite!
Ils m'en feront autant quand ils seront... heureux!

Mais dans ce cauchemar de folie et de boue,
Dans cette tour de Nesle écrite par Hervé,
S'ils ont réalisé ce qu'ils avaient rêvé,
De qui donc vient le Rêve? — Hélas! tendons la joue!

Tu nous vaux ce soufflet, ô Muse de l'Argot,
Et cet affreux venin leur vient de ta mamelle!
La Lucrèce Borgia n'est qu'un Vallès femelle,
Et Rocambole encor ressuscite en Rigault.

Vous avez trop pleuré sur les filles recluses!
Vous avez trop chanté les bagnes « constellés! »
La prostitution a lâché ses écluses,
Et le bagne a vomi ses loups démuselés!

Hélas! ils vous ont crus! vous vous disiez prophètes!
Peut-être pensaient-ils bien faire! Quelques-uns,
Désabusés, ont su mourir!... paix aux défunts!
Mais les autres, demain qui sauvera leurs têtes?

Eh bien, au nom du goût, enfant du sens commun,
Au nom du vieil esprit submergé dans la honte,
Au nom de ce dégoût même que je surmonte,
Au nom de la gaîté, — j'en voudrais sauver un !

Celui qui renversa la colonne Vendôme
Bêtement ! — Je voudrais défendre ce grison.
En qualité de singe ennemi d'un fantôme,
Il mérite la cage et non pas la prison.

Il appartient à la pathologie interne,
Et ce fait est depuis longtemps accrédité
Que, pour la profondeur de la stupidité,
Si le puits est Hugo, Courbet est la citerne !

Je plaide l'ineptie immense, simplement !
Lavater veut qu'il vive — et surtout se marie !
Le type est rare ! avant qu'un Cuvier l'excorie,
Je demande du fruit de son accouplement.

Il m'intéresse autant qu'un mouton bicéphale.
C'est l'espèce et non pas l'être que je défends.
Il a l'absurdité superbe et triomphale !
Si cela se transmet, il nous doit des enfants !

Laissez cet imbécile à la gaîté française !
Si l'aberration est une papauté,
Ce cucurbitacé vaut seul un diocèse.
Il est ! donc il peut être ! et c'est là sa beauté !

Lui mort, la chienlit s'éteint dans le marasme !
La pomme cuite éclate entre les doigts, sans jet ;
Le coup de pied au cul perd son plus bel objet
Et s'égare, sans grâce et sans enthousiasme !

Qu'il vive ! extasié devant son ombilic !
Les pouces sur le ventre, à la façon des Carmes !
Qu'on l'engraisse ! et qu'ouvert nuit et jour au Public,
Il crève de vieillesse entre quatre gendarmes !

Achevé d'imprimer

LE 5 JUILLET MIL HUIT CENT SOIXANTE-ONZE

PAR J. CLAYE

POUR A. LEMERRE, LIBRAIRE

A PARIS

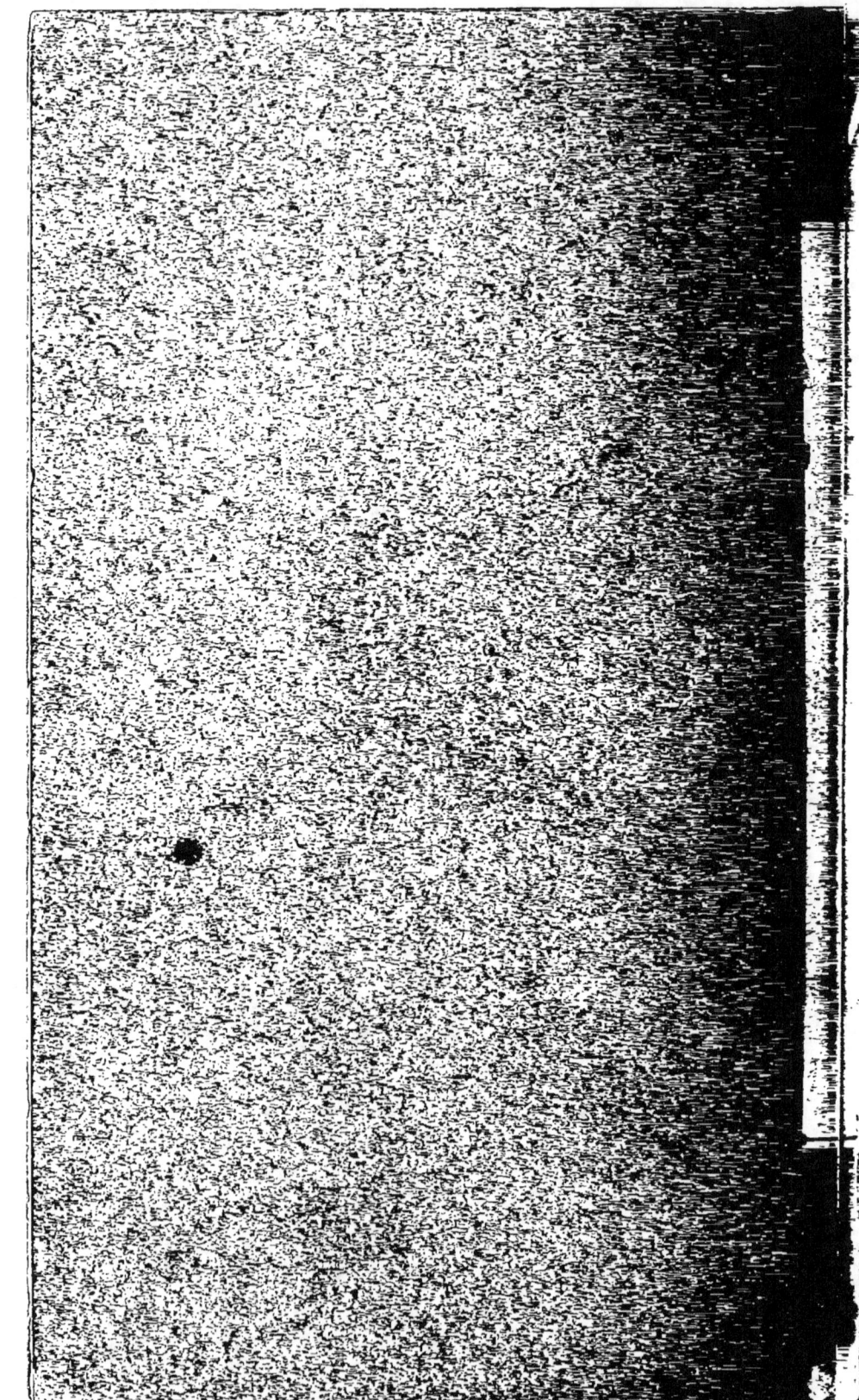

www.ingramcontent.com/pod-product-compliance
Lightning Source LLC
Chambersburg PA
CBHW061418170626
46811CB00005B/2026